W0329353

Pierre Gemme

Cécile Becq

Un lapin imprudent

À ma mère.
P. G.

À Camille et Lucie.
C. B.

L'auteur remercie les membres de la clinique vétérinaire de La Brenne, à Toulouse-le-Château.

CASTOR ROMANS

© Flammarion 2021
87, quai Panhard-et-Levassor – 75647 Paris Cedex 13
ISBN : 9782080207715

Les héros du livre

Inès

À dix ans, elle rêve de devenir vétérinaire, comme ses parents. Elle connaît déjà beaucoup de choses sur les animaux et leurs comportements.

Lucas

Il se chamaille toujours avec sa sœur, mais Inès et lui s'adorent quand même. Il a huit ans, et ne supporte pas qu'on fasse du mal aux animaux.

Blanco

S'il pouvait parler, ce lapin de race Renard Suisse dirait qu'il aime autant Inès que Lucas ! Et qu'il appartient à tous les deux.

Lucile

La mère d'Inès et de Lucas dirige une clinique vétérinaire. Elle pense que les animaux doivent être respectés au même titre que les humains.

Romain

Vétérinaire rural, leur père se rend souvent dans des fermes, des haras ou des refuges pour soigner les animaux. Il a rencontré Lucile quand ils faisaient leurs études.

Toby

Ce Border Collie adore ses jeunes maîtres. Comme c'est un chien de berger, il s'entend bien aussi avec un grand nombre d'animaux, dont Blanco !

Chapitre 1

L'accident !

C'est mercredi après-midi, Inès est seule à la maison.

Lucas a voulu accompagner son père, vétérinaire rural, dans sa tournée de consultations.

Le garçon adore visiter les élevages de poules, de vaches et de moutons. Toby, leur Border Collie, est parti avec eux.

Inès lit dans sa chambre, quand elle entend quelqu'un sonner.

– Qui ça peut bien être ? se demande-t-elle.

En ouvrant la porte, Inès découvre son voisin, Noam. Il semble terrifié et bredouille, des larmes dans les yeux :

– Noisette a eu un accident !

Inès et Noam se connaissent depuis qu'ils sont tout petits. Ils ont presque le même âge et s'entendent très bien.

– Noisette ? Ton lapin nain ? Que s'est-il passé ?

Noam se détourne pour ne pas montrer qu'il pleure.

– J'étais en train de faire des recherches sur Internet pour mon exposé de physique chimie sur les énergies quand… Elle a mordu des fils électriques. Elle est morte, j'en suis sûr !

– Calme-toi… Elle n'est peut-être qu'évanouie, tente de le rassurer Inès. Je vais appeler ma mère pour qu'elle vienne voir. En attendant, retourne chez toi, mais ne touche à rien !

Noam refuse net.

– Non, je reste ici. Avec toi.

Inès comprend que son ami a peur de revoir son lapin. Elle le fait entrer avant de composer le numéro de la clinique vétérinaire où travaille Lucile, sa maman.

C'est Judith, la collègue de sa mère, qui décroche. Inès doit patienter un peu, car Lucile est en rendez-vous.

Lorsqu'elle l'a enfin au bout du fil, elle lui raconte ce qui vient de se passer.

– J'arrive tout de suite, dit Lucile. Par contre, il ne faut surtout pas qu'il touche Noisette avant que je sois là.

– C'est ce que je lui ai dit. Mais ne t'inquiète pas, Noam préfère rester avec moi à la maison.

Lucile est fière de sa fille. Inès sait garder son calme en toutes circonstances. Elle fera une très bonne vétérinaire.

– Je peux téléphoner à mes parents ? demande Noam, le cœur gros, quand son amie a raccroché.

En attendant sa mère, Inès sert à son voisin un chocolat chaud et des petits gâteaux. Elle essaie de parler du collège pour le distraire.

Blanco, le lapin nain d'Inès et Lucas, a aussitôt reconnu l'odeur d'un congénère sur les vêtements de Noam. Il tourne autour des jambes du garçon en faisant bouger ses longues moustaches.

Amusé, Noam se baisse et lui donne un morceau de biscuit à grignoter. Mais quand il se relève, des larmes surgissent de nouveau dans ses yeux. Blanco lui rappelle trop Noisette.

Bientôt, les deux amis entendent les graviers crisser dans la cour. Ils sortent.

– Dépêchons-nous, ce n'est peut-être pas si grave, dit tout de suite Lucile au garçon pour le rassurer.

Elle attrape sa trousse médicale, puis elle se dirige d'un pas pressé vers la maison voisine, suivie par Noam.

– Allez-y, je vous rejoins ! lance Inès.

Elle a désormais peur pour Blanco. Pas question qu'il morde lui aussi des fils électriques pendant qu'elle n'est pas là ! Elle va chercher le lapin dans le salon, le met dans sa caisse de transport et l'emporte avec elle.

Inès est seule chez elle quand son voisin Noam sonne à la porte : Noisette, son lapin nain, a eu un accident ! Inès s'empresse de prévenir Lucile, sa maman.

Chapitre 2

Sauvetage express

Quand Inès arrive chez Noam, Lucile est en train de vérifier si le courant est bien coupé. Il ne faudrait pas que quelqu'un s'électrocute* en essayant de sauver Noisette.

* S'électrocuter : avoir un accident avec l'électricité, qui peut être produite par la foudre, les prises de courant ou les fils électriques. En traversant le corps, l'électricité provoque souvent des brûlures et parfois la mort.

– C'est bon, le disjoncteur* a fonctionné. On ne craint plus rien à présent. Tu as prévenu tes parents ? demande Lucile à Noam.

– Oui, ils nous rejoignent dès qu'ils peuvent.

– Parfait, montre-moi où est Noisette.

Conduite par le garçon, Lucile pénètre dans la cuisine. Inès les suit en portant la caisse de Blanco.

Le lapin nain est allongé sur le carrelage, immobile, à côté du fil électrique qu'il a grignoté.

Lucile se penche.

– Elle est morte, elle ne bouge plus ! sanglote Noam qui hésite à regarder la boule de poils inerte.

* Le disjoncteur : appareil qui coupe automatiquement le courant électrique en cas de problème sur le circuit.

– Ce n'est pas sûr, elle est peut-être encore en vie. Les lapins supportent bien la douleur. Ce qui les tue, en général, c'est la peur.

Inès est très étonnée par ce que sa mère vient de dire.

– C'est possible, ça ?

– Ils meurent souvent à cause du stress, confirme Lucile à voix basse. Il faut donc être très calmes.

La vétérinaire examine l'animal.
Elle pose une main sur son thorax*,
avant de passer les doigts sous
son museau. Elle soulève ses paupières
et constate que l'œil est fixe et terne.
Les membres du lapin sont raides et froids.
Mais son rythme cardiaque est rapide !

* Le thorax : cavité où se trouvent les poumons et le cœur.

Lucile sourit en se relevant pour annoncer la bonne nouvelle à Noam.

– Noisette respire encore.

Noam serre les poings. Ses yeux troublés par les larmes s'illuminent.

– Oh ! Merci, merci…

Inès saute de joie en tenant les mains de son ami.

– Je t'avais bien dit qu'il ne fallait pas s'affoler.

– Pas si vite ! les arrête Lucile. Je vais devoir l'emmener à la clinique pour lui faire passer des examens plus approfondis. Noam, peux-tu rappeler tes parents pour leur demander de nous rejoindre là-bas ? Ensuite, apporte-moi deux serviettes de bain, une bouteille remplie d'eau chaude, une boîte en carton, et un grand élastique ou une ficelle s'il te plaît.

Le garçon se dépêche de réunir ce dont la maman d'Inès a besoin.

– J'ai une caisse sans couvercle, ça ira ?

– En fait, il faudrait trouver quelque chose de totalement sombre pour transporter ton lapin. Pour l'instant, le choc a plongé Noisette dans une sorte de léthargie*. Si elle se réveille pendant le voyage, l'endroit doit lui rappeler un terrier.

* La léthargie : sommeil profond dans lequel un organisme plonge parfois automatiquement pour se protéger d'une agression, ou pour survivre à une période difficile comme dans le cas de l'hibernation.

Noam a compris. Il part, et revient avec une boîte qui ferme.

Pendant ce temps, Inès aide sa maman à envelopper l'animal inanimé dans une des serviettes.

– Fais bien attention à soutenir sa tête et son arrière-train ! explique Lucile.

Noam a pour mission d'enrouler la bouteille dans le second morceau de tissu, pour confectionner une bouillotte* à la blessée.

– Maintenant, on la pose délicatement dans le carton en se servant de la serviette comme d'une civière. Moins on la touche, moins elle sera stressée. Puis on ferme avec la ficelle.

* La bouillotte : récipient qu'on remplit d'eau chaude pour se réchauffer, dans un lit par exemple.

Par la porte grillagée de sa cage, Blanco observe attentivement la lapine évanouie. Son nez remue continuellement, et ses moustaches tremblent.

– Maintenant, en route pour la clinique ! déclare Lucile.

Dans la voiture, Inès envoie un SMS à son père pour lui dire où elle est et lui demander de ne pas s'inquiéter.

Lucile ausculte le lapin.
Heureusement, Noisette vit encore !
Mais il faut l'emmener à la clinique
pour des examens plus approfondis.

Chapitre 3

Attention, lapin dangereux !

À peine posé sur la table d'opération, le carton de Noisette se met à bouger. Lucile enfile des gants épais, puis elle prépare une piqûre de calmant. Sa collègue, Judith, arrive pour lui prêter main-forte.

– Attention ! Gardez bien vos distances, avertit Lucile.

– Pourquoi ? C'est un lapin, pas un tigre ! s'étonne Noam.

Inès a suffisamment assisté sa mère pour répondre à sa place.

– Un rat, un écureuil ou un cochon d'Inde blessés peuvent devenir dangereux. Fous de douleur ou de peur, ils sont capables de te sauter au visage.

Noam a du mal à y croire, mais il préfère quand même reculer.

Judith tient fermement le couvercle pendant que Lucile dénoue la ficelle. Puis, la vétérinaire glisse ses mains à l'intérieur de la boîte.

– Ça y est, je l'ai !

Noisette est bien vivante, ses petits yeux ont retrouvé leur éclat ! Lucile la tient par la peau du cou. La lapine fouette l'air de ses pattes arrière en se débattant, et elle pousse des cris épouvantables.

Noam est effrayé. Il n'a jamais entendu Noisette hurler de cette manière.

– Ne t'inquiète pas, le rassure Lucile. Elle n'a pas mal. Elle crie ainsi, car elle se demande ce qui lui arrive.

Lucile saisit la seringue et pique dans la fourrure de l'animal qui se calme en quelques secondes. La vétérinaire repose ensuite la patiente dans son carton. La lapine se colle immédiatement contre la serviette entourant la bouteille encore tiède. Elle tremble un peu et regarde autour d'elle en remuant son museau.

– Ma pauvre ! murmure Noam.

Après avoir retroussé les lèvres de la blessée, Lucile commence par ausculter sa bouche.

– C'est ce que je craignais, déclare-t-elle. Ses poils ont roussi, et dessous il y a une vilaine brûlure.

Judith examine à son tour la plaie, pendant que Lucile écarte les mâchoires du lapin.

– La bonne nouvelle, c'est que le palais* est intact. Parfois, il est complètement détruit et l'animal perd alors le sens du goût. Voyons voir ses pattes.

Judith saisit doucement Noisette et la retourne. Inès fait la grimace.

– Maman, je crois que le dessous de ses pattes est brûlé aussi.

* Le palais : partie dure supérieure dans la bouche. C'est un organe essentiel au goût.

– C’est normal. L’électricité a traversé son corps et est ressortie par l’extrémité des membres. Mais cela va disparaître avec de la crème contre les brûlures.

En les voyant tous sortir de la salle d’opération, les parents de Noam se lèvent de leur chaise. Arrivés pendant les soins, ils patientaient dans la salle d’attente.

La mère de Noam se précipite vers son fils et le prend dans ses bras comme si c’était lui le blessé.

— Tu vas bien ? J'ai eu si peur avec l'électricité…, soupire-t-elle.

Le garçon la repousse, un peu gêné.

— Noisette a eu beaucoup de chance. Elle va mieux grâce à Inès, Lucile et Judith.

Le père de Noam regarde la petite rescapée aux pattes luisantes de crème. L'animal tend son museau humide vers l'homme qui l'observe.

— On dirait qu'elle est sortie d'affaire en effet, déclare Wassim en tapotant affectueusement l'épaule de son fils.

– Vous m'accompagnez ?
propose Lucile. Je vais installer Noisette dans la salle de réveil. Ça me permettra de voir comment elle évolue, et de lui mettre encore de la crème avant de la ramener chez vous ce soir.

Noam et ses parents suivent la vétérinaire. Inès porte toujours Blanco dans sa caisse de transport.

Ils passent devant un couple qui a apporté un perroquet. L'oiseau se déplace difficilement dans sa cage.

– Qu'est-ce qu'il a ? chuchote Noam.

– Une patte cassée, explique Lucile. Judith lui a posé une attelle* il y a quelques semaines. Ses propriétaires reviennent pour une radio. On doit voir si la fracture est bien résorbée.

Aya, la mère de Noam, est éberluée.

– Vous faites même des radios aux… oiseaux ?

– Bien sûr ! Je vous montrerai.

Lucile pousse une porte. Plusieurs animaux sont dans des cages individuelles. Blanco, intrigué, regarde partout. Un petit chien attend de se réveiller tout à fait, enroulé dans des couvertures. Un chat avec un pansement est couché sur un tapis chauffant.

* L'attelle : plaque ou planchette destinée à maintenir immobile un membre fracturé le temps qu'il se ressoude.

Lucile dépose délicatement Noisette dans un box aux parois transparentes. Un cochon d'Inde, dans le logement voisin, regarde la nouvelle venue. De l'autre côté, un rat domestique se dresse contre la séparation et gratte pour attirer l'attention du lapin.

Les visiteurs sont impressionnés par l'atmosphère de cet endroit.

– L'anesthésie provoque une baisse importante de la température de leur corps, explique Lucile à voix basse. Nos pensionnaires ont besoin de chaleur et de calme quand ils se réveillent. Et pour ceux qui ont subi une opération délicate, ils doivent pouvoir passer leur convalescence* dans un lieu agréable. Je vous fais visiter le reste de la clinique ?

Le papa de Noam accepte avec entrain.

– À tout à l'heure, Noisette ! lance le garçon.

* La convalescence : période entre la fin d'une maladie et le retour à un bon état de santé.

ATTENTION
ZONE A FORTE
RADIATION

Bonne nouvelle, les blessures de Noisette ne sont pas très graves ! Lucile profite de l'arrivée des parents de Noam pour proposer une visite guidée de la clinique.

Chapitre 4

Une clinique bien équipée

Lucile les entraîne dans un long couloir. Elle s'arrête devant une porte avec un panneau représentant une hélice noire sur fond jaune qui annonce « Attention, zone à fortes radiations ».

– Waouh ! C'est comme dans les centrales nucléaires ! Je faisais justement mes recherches sur ça quand Noisette a tout fait sauter…, souffle Noam.

La vétérinaire entrouvre la porte pour que les visiteurs puissent voir sans entrer afin de ne pas contaminer le lieu. À l'intérieur se dressent différentes machines.

Certaines servent à détecter les blessures du squelette, d'autres à ausculter les organes internes. Des radios pendent devant des tableaux lumineux.

Noam, surpris, s'exclame :

– Maman, Papa ! Quand je me suis cassé la jambe et que je suis allé à l'hôpital, c'était pareil !

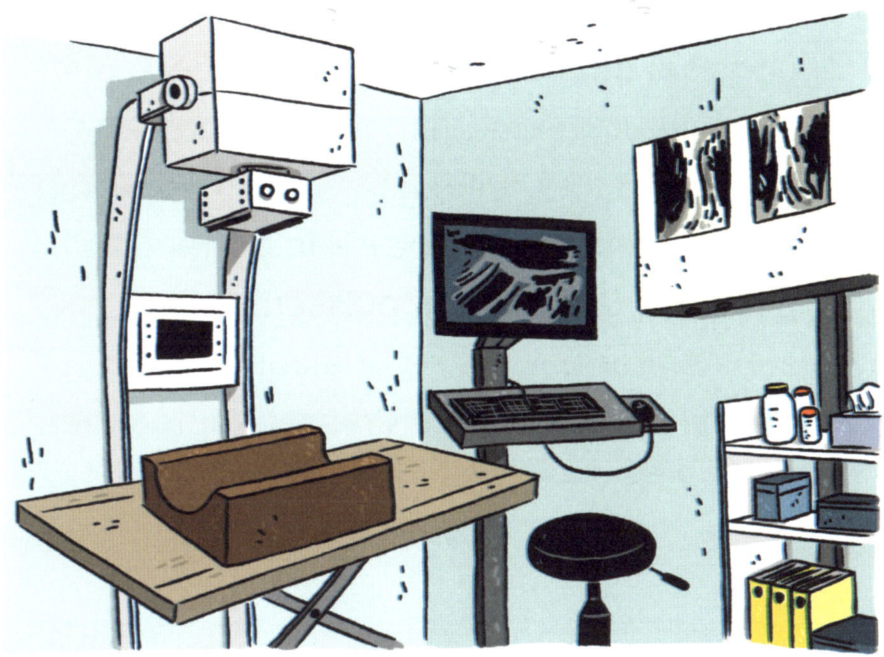

Lucile confirme :

– Eh oui, le matériel utilisé pour soigner les animaux est le même que pour les humains.

– Vous n'avez pas tout vu ! Il y a aussi un laboratoire d'analyses. Venez ! poursuit Inès.

Lucile a un petit sourire. Comme pour justifier l'enthousiasme de sa fille, elle explique en la suivant :

– Elle veut faire le même métier que Romain et moi.

– On dirait qu'elle est bien partie pour ! remarque Aya, amusée.

La seconde salle renferme des microscopes et toutes sortes de machines complexes.

— Ici, on peut pratiquer un grand nombre d'analyses pour savoir si un organe fonctionne mal ou si un animal est infecté par un microbe, explique Inès comme une vraie professionnelle.

— Impressionnant, je ne pensais pas que vous aviez autant de matériel ! s'extasie Wassim.

Toute la famille remercie Inès et Lucile pour cette visite passionnante. Alors qu'ils regagnent l'entrée de la clinique, Aya propose :

– Après avoir ramené Noisette, si vous restiez manger à la maison ce soir pour fêter son rétablissement ?

– Avec plaisir, accepte Lucile. J'en parle avec Romain et je vous confirme.

Puis elle se tourne vers sa fille et ajoute :

– J'ai encore deux ou trois rendez-vous. Tu attends que j'aie terminé, ou tu veux que les parents de Noam te reconduisent à la maison ? Lucas et ton père sont déjà là-bas, ils m'ont laissé un message.

Inès préfère rentrer, elle veut raconter son après-midi à son petit frère.

Après avoir écouté le récit de l'accident dont a été victime Noisette, Lucas s'étonne :

– Je ne pensais pas qu'un lapin pouvait manger du fil électrique.

– C'est pourtant assez fréquent chez les cochons d'Inde, les hamsters et les rats, explique Romain.

– Tu entends ? Il faut faire très attention Blanco, tu me promets ? ordonne Lucas en ouvrant la cage de son lapin pour le prendre dans ses bras et le caresser.

– Et vous, vous avez fait quoi ? demande Inès.

Lucas réfléchit, puis il énumère :

– Papa a soigné un cheval qui s'était blessé avec du fil barbelé. Ensuite, on est allés dans un élevage de poules qui pondaient moins. Et puis…

À côté d'eux, Toby court dans tous les sens. En l'observant, Lucas retrouve la mémoire.

– Ah oui ! Toby a aussi sauvé un agneau.

– C'est vrai ! confirme Romain. Sans lui, on n'aurait jamais pu sortir l'animal de son piège.

Inès presse son frère.

– Raconte !

– Un bébé mouton s'était échappé du troupeau. Il était tombé dans un trou rempli d'épines. Sa laine s'était prise dedans. Il ne pouvait plus bouger, complètement prisonnier.
On ne le voyait même plus sous les branches !
C'est Toby qui l'a découvert.
Hein, Toby ?

– Bravo Toby ! Tu es un vrai chien de berger ! ajoute Inès en s'accroupissant pour le caresser.

Inès entraîne ensuite son frère dans la cuisine.

– Tu sais qu'on est invités ce soir chez les parents de Noam ? Je pensais faire un gâteau pour le dessert.

Lucas est tout heureux. Ses yeux se mettent à briller. Non seulement il adore les gâteaux, mais en plus il a une super idée : ils vont faire un roulé au chocolat avec deux biscuits plantés à une extrémité en guise d'oreilles, un bonbon pour figurer le museau et des rubans de réglisse pour les moustaches !

Qui est le lapin ?

Le lapin domestique est issu d'un lapin sauvage européen appelé **lapin de garenne**. Mais il existe une vingtaine d'espèces de lapins sauvages dans le monde.

Les **longues pattes arrière** du lapin sont puissantes et lui **permettent d'échapper aux prédateurs**. Elles lui **servent aussi à communiquer** : il frappe le sol avec quand il y a un danger, pour avertir les autres.

Les petits secrets d'Inès et Lucas

Les dents du lapin poussent en permanence. Herbivore, il doit user régulièrement ses quatre incisives en **grignotant du foin et de l'herbe toute la journée.** Trop longues, ses dents finiraient par le gêner et risqueraient de le blesser.

Focus : La clinique vétérinaire

C'est un véritable **hôpital pour animaux.** De la trousse médicale jusqu'aux appareils complexes comme les scanners, **une grande partie du matériel de soin est identique à celui utilisé pour les humains.** Mais **les embouts sont adaptés,** notamment pour l'examen des oreilles et des narines. Toutes sortes d'animaux peuvent être soignés. Des poissons rouges sont même parfois opérés !

Retrouve nos aventures dans les autres histoires de Mission vétos.

Le chien abandonné

La naissance des veaux

Un cheval à sauver

Un dauphin en détresse

Le chat blessé

Un lapin imprudent

À paraître

Un hérisson en danger
Inès et Lucas découvrent un hérisson dans leur garage. Le pauvre animal est gêné par une bague en plastique qui l'empêche de manger…

www.flammarion-jeunesse.fr

Dépôt légal : janvier 2021
N° d'édition : L.01EJEN001837.N001
Imprimé en Espagne par Unigraf – décembre 2020
Loi n° 49-956 du 16 juillet 1949 sur les publications destinées à la jeunesse